Soulary — Mil huit soixante-Dix

MIL HUIT CENT SOIXANTE-DIX

Hurlez, fils de Brutus!
(PROPHÉTIE D'ORVAL.)

I

*F*AIS *place à l'inconnu qui monte,*
Et descends, cadavre, à ton rang,
Toi qui te levas dans la honte
Et qui te couches dans le sang!
Date néfaste, année impie,
Par qui le passé lâche expie
Son orgueil, son luxe & son fard;
Disparais, odieux fantôme,
Monstre fait d'un meurtre, — Guillaume!
Et d'une trahison, — César!

II

Comme un cauchemar inflexible,
Qui nous poingt toujours plus avant,
Des vertiges de l'impossible
Tu nous fis ce songe vivant :
La France, en sa splendeur vermeille,
S'endormant reine, & qui s'éveille
Egorgée, aux bras d'un bandit ;
Mais qui, terrible en son martyre,
De son flanc douloureux retire
Le fer brisé qu'elle brandit !

III

Comme il s'est incarné, le drame
Du vieux Goëthe, élève d'Hermès !
Faust est ce roi qui vend son âme
A Bismark-Méphistophélès ;
Et Gretchen, c'est la Germanie
Livrant à ce fatal génie
Son fol amour ensorcelé.
Ah! Gretchen! quel affreux mystère!
Il vient d'assassiner ton frère,
Et l'or qu'il t'apporte est volé!

IV

En a-t-il tué, de nos braves !
En a-t-il volé, de notre or !
Froid viveur aux voluptés graves,
Toujours plus ivre, il crie : « encor ! »
Dans l'incendie & le carnage,
Déchainant son rêve sauvage,
Il abat sur nos champs rougis
Plus de goules & de lamies,
Plus de terreurs & d'infamies
Qu'au sabbat n'en voit Walpurgis.

V

Année aux visions funèbres,
Nuit d'épouvante & de péril,
Sortirons-nous de ces ténèbres ?
Le coq enfin chantera-t-il ?
Qu'il chante ou non, debout la Gaule !
Arme ton bras, ceins ton épaule,
Et combats le combat mortel !
N'es-tu pas la fille d'Antée
Qui, terrassée & non domptée,
Ne craint que la chûte du ciel ?

VI

Allons, les champs ! allons, les rues !
Improvisez les bataillons !
Fais-toi mousquet, fer des charrues !
Fais-toi héros, rustre en haillons !
Beaux époux, désertez la couche ;
Doux baisers, oubliez la bouche ;
Soucis charmants, quittez le cœur !
Et vous nos sœurs, avant qu'on parte,
Jetez le mâle adieu de Sparte :
« Qu'on revienne ou mort ou vainqueur ! »

VII

Jours d'héroïque sacrifice !
Votre légende fera voir
La nation grande au supplice,
Bien plus grande encore au devoir.
Et toi, ma ville aux deux beaux fleuves,
On saura comme en ces épreuves
Ton vieil honneur fut outragé,
Quand sur ton blason séculaire
On vit le lion populaire
Se croiser du loup enragé

VIII

Tandis que ta mère agonife
Et que ta noble fœur Paris,
Dans un effort qui l'éternife
La couvre de fes bras meurtris,
Aux regards du jour que tu fouilles,
Tu jouais aux dés fes dépouilles
Dans quelque tripot clandeftin,
Et l'émeute où Brutus te pouffe
Armait ta finiftre Croix-Rouffe
Des poignards du Mont-Aventin.

IX

Vierge tardive, ô République !
N'es-tu qu'au prix d'un châtiment,
Et faut-il toujours qu'on applique
Les fers à ton enfantement ?
Qu'adviendra-t-il, fi ta nourrice,
Femme des nerfs & du caprice,
Te nourrit d'un lait tourmenté,
Et fi le bras lourd qui te mène
Fait de ta lifière une chaîne
Qui torture ta liberté ?

X

Ainsi nul sens ne se dégage
Des rudes leçons du passé ;
Ainsi nul débris ne surnage
Qui ne soit du pied repoussé !
L'esprit humain, marcheur qui rêve,
D'un casse-cou ne se relève
Que pour tomber plus bas encor ;
Et l'instinct, épiant sa chute,
Plus âpre se rue à la lutte
Où de l'âme s'éteint l'essor !

XI

Si ce qu'un siècle noue à peine
Peut, d'un souffle, se délier ;
Si, d'un seul bond, la bête humaine
Doit toujours briser son collier ;
Rentre au néant, nouvelle année !
Sur la terre, au mal condamnée,
Rien ne change, ni temps, ni lieu.
Ce qu'on attend vaut ce qu'on laisse,
La force est droit, la foi faiblesse…
Qu'on ne nous parle plus de Dieu !

XII

Mais si tu dois, comme une étoile,
Monter à notre ciel boudeur ;
Si tu nous gardes sous ton voile
La ceinture de la Pudeur ;
Si tu ramènes à ta suite
Le cortége des dieux en fuite :
Amour, Justice & Vérité ;
Hâte-toi, nouvel an, d'éclore !
Nous saluerons en toi l'aurore
Du réveil de l'humanité.

Josephin Soulary

31 décembre 1870.

LYON. — IMPRIMERIE ALF. LOUIS PERRIN & MARINET.

149

www.ingramcontent.com/pod-product-compliance
Lightning Source LLC
LaVergne TN
LVHW021108050726
842519LV00005B/1895